MIYAMURA HIROYUKI, 24 ANS.
PROF D'ANGLAIS AU LYCÉE TANOKURA.
SON FRÈRE CADET :
MIYAMURA NOBUYUKI ?!
MIYAMU A UN FRÈRE ?!
IL A L'AIR ENCORE PLUS BARGE !
JE SAVAIS PAS NON PLUS ! DU COUP, ON SAIT MÊME PAS S'IL A UNE COPINE !

URUKYU. 5

ULTRA CUTE

L'AVANCÉE DES CONQUÊTES AMOUREUSES D'AMI ET DE NOA

AMI ET NOA SONT RIVALES EN AMOUR DEPUIS L'ENFANCE. UN JOUR, ELLES FONT LA CONNAISSANCE DE 2 GARÇONS DE TOP-NIVEAU : TAMON ET TOMOHIRO. TANDIS QUE NOA COMMENCE À SORTIR AVEC TOMOHIRO, AMI A DU MAL À SÉDUIRE TAMON. CE N'EST PAS FAUTE DE FAIRE DES EFFORTS, POURTANT ! ♡
MAIS LA RELATION ENTRE NOA ET TOMOHIRO PREND FIN SOUDAINEMENT. AMI DÉCIDE DE SORTIR SON AMIE POUR LUI REDONNER LE MORAL. C'EST ALORS QU'UN MYSTÉRIEUX INDIVIDU PRÉNOMMÉ NOBUYUKI FAIT SON APPARITION ET TENTE DE DÉROBER UN BAISER À NOA. INCROYABLE MAIS VRAI : NOBUYUKI EST LE FRÈRE CADET DE MIYAMURA !!

OH !
C'EST L'HEURE, FRÉROT !
OK !
HEIN ?!
QU.. QUOI ?!
SHOW TIME !!

L'HEURE
EST VENUE
POUR
NOBUYUKI M.
...
D'EXÉCUTER
SON
NUMÉRO
!!!

LA NUIT NE FAIT QUE COMMENCER !! ☆
NOBUYUKI, LA NOUVELLE STAR DU CLUB CHARISMA, VA VOUS METTRE LA FIÈVRE !!

C'EST SI RINGARD QUE JE N'ARRIVE PAS À DÉTACHER MON REGARD !
W... WOW !
C'EST BIEN CE QUE JE DISAIS : IL EST ENCORE PLUS TARÉ QUE MIYAMU !!

FAUDRA QUE TU M'EXPLIQUES COMMENT TU CHOISIS TES AMIS, AMI…
EH ! C'EST PAS MA FAUTE ! J'Y SUIS POUR RIEN S'IL T'A SAUTÉ DESSUS !
T'ES SÛRE ?
AH… ?
MAIS C'EST BIZARRE…
J'AI L'IMPRESSION DE L'AVOIR DÉJÀ VU QUELQUE PART…
LA MUSIQUE RALENTIT…
C'EST UN SLOW !

JE… JE NE SAIS PAS DANSER !
LAISSE-MOI FAIRE…
NE T'INQUIÈTE PAS.
ET TOUT SE PASSERA BIEN !
QUE… QU'EST-CE QUE…
MOI, C'EST NOBUYUKI !
ET TOI, TU T'APPELLES …?
……
NOA…
ÇA SUFFIT !
C'EST PAS LE MOMENT DE DANSER AVEC UN INCONNU !
JE RENTRE !
EH, NOA ! ATTENDS !

LAISSE-MOI TE RACCOMPAGNER, CENDRILLON ♡
T'ES PRIÉ D'ARRÊTER DE M'APPELER COMME SI ON SE CONNAISSAIT DEPUIS DES ANNÉES !
"CENDRILLON" -?
Comment est-il arrivé là avant moi ?
NOA !
Ma bagnole !
OH NON !
IL SE TIRE AVEC NOA !!
ブロロロ
FATIGUÉE ?
OUI. JE N'AI PAS L'HABITUDE DE SORTIR EN BOÎTE LES SOIRS DE SEMAINE, MOI !
ALORS C'ÉTAIT UNE JOURNÉE SPÉCIALE AUJOURD'HUI ?

HMM_ OUI_
EN QUELQUE SORTE_
J'AVAIS BESOIN DE FAIRE LE VIDE _
!?
EH ! C'EST PAS LA BONNE ROUTE !!
PAS GRAVE ! RESTONS ENCORE UN PEU ENSEMBLE !
QUOI ?!

JE VEUX TE MONTRER UN TRUC.
POUR FÊTER NOTRE RENCONTRE EN CETTE NUIT SPÉCIALE !
TU NE LE REGRETTERAS PAS. ☆
……?
LA PLAGE ? POURQUOI TU M'AS AMENÉE ICI ?
ATTENDS, TU VAS VOIR. ♡
PFF… QU'EST-CE QUE C'EST QUE CE TYPE…
ILS SONT TOUS MABOULS DANS CETTE FAMILLE !

BON ! TU VAS ME FAIRE ATTENDRE LÀ ENCORE LONGTEMPS ?!
LE JOUR EST EN TRAIN DE SE LEVER !
DÉPÊCHE-TOI DE ME MONTRER CE QUE TU VOULAIS ET RACCOMPAGNE-MOI !

WOW !
IL SURFE COMME UN PRO !
J'ÉTAIS SÛR QU'IL L'AMÈNERAIT LÀ.
C'EST SON SPOT PRÉFÉRÉ.

ÇA Y EST ! JE ME SOUVIENS !
MIYAMURA NOBUYUKI, LE CHAMPION DE SURF !
QUOI ?! IL EST SI CÉLÈBRE QUE ÇA ?!
OUAIS. ENFIN, TOUS CEUX QUI AIMENT LE SURF LE CONNAISSENT, C'EST SÛR.
Il n'y en a que pour lui, le veinard...!
IL A LAISSÉ TOMBER SON SÉJOUR D'ÉTUDES AUX ÉTATS-UNIS POUR RENTRER AU JAPON.
C'EST UN SACRÉ NUMÉRO QUI N'EN LOUPE JAMAIS UNE POUR SE FAIRE REMARQUER.
Et c'est Miyamu qui le dit...

はぁ
はぁ
にっ

ALORS ? SURPRISE DE VOIR LE ROI DE LA BOÎTE DE NUIT SE MÉTAMORPHOSER EN BEAU SURFER À LA PEAU MATE ? ♡
SYMPA LA MER AU PETIT JOUR, PAS VRAI ?
ON SE SENT REVIVRE, HEIN ?
O_ OUAIS_
C'EST ÇA_
C'EST BON MAINTENANT ? JE PEUX RENTRER CHEZ MOI ?
!
IL Y A QUELQUE CHOSE QUE TU VEUX OUBLIER, NON ?
TU PENSES Y ARRIVER ?
LA TRISTESSE_
PEUT SE LIRE DANS TES YEUX.

LÂCHE-MOI !!
OCCUPE-TOI DE CE QUI TE REGARDE !
MAIS ÇA ME REGARDE !
J'AI FLASHÉ SUR TOI DÈS QUE JE T'AI VUE SUR LA PISTE DE DANSE !
C'EST BON ! ARRÊTE TON BARATIN !
TU GASPILLES TA SALIVE POUR RIEN CAR..
NOA !

CAR JE…
JE…
JE NE TOMBERAI PLUS AMOUREUSE DE SI TÔT…
NE ME DIS PAS ÇA…

LAISSE-MOI FAIRE.
JE T'AIDERAI À L'OUBLIER.
......!

ÇA SUFFIT MAINTENANT !!
A... ATTENDS, NOA... JE VAIS TE RACCOMPAGNER (POUR DE BON, CETTE FOIS)...
RACONTE PAS N'IMPORTE QUOI ALORS QU'ON SE CONNAÎT DEPUIS MÊME PAS QUELQUES HEURES !
TU APPROCHES ENCORE DE MOI, ET JE T'ÉCHARPE !!
......

LE TEMPS N'Y CHANGERA RIEN.
SES PRUNELLES DE FEU ONT FAIT VIBRER MA CORDE SENSIBLE.
C'EST ELLE ! MA PRINCESSE ! ♡
L'AMOUR DE MA VIE !
ÇA VA ! N'EN RAJOUTE PAS, TOI !!
Et arrête de sautiller !
ALLONS, ALLONS ! AVOUE QUE ÇA T'A QUAND MÊME PERMIS DE TE CHANGER LES IDÉES !
Hi hi...
PAS DU TOUT !?

LAISSE-MOI TRANQUILLE ! JE DOIS ÉTUDIER ! C'EST TOUT CE QUE J'AI !
ADIEU !
C'EST GRAVE
ENFIN, ELLE RÂLE, MAIS ELLE A QUAND MÊME RETROUVÉ LA PÊCHE.
GRRR !
ET C'EST GRÂCE AU FRÈRE DE MIYAMU
...
......
LA TRISTESSE
PEUT SE LIRE DANS TES YEUX.
LAISSE-MOI FAIRE.
JE T'AIDERAI À L'OUBLIER.

BON ! C'EST PAS TOUT ÇA, MAIS –
IL FAUT AUSSI QUE JE M'OCCUPE DE MOI !
YEAH
CETTE FOIS, JE N'AI PLUS LE DROIT À L'ERREUR !
C'EST CLAIR ET NET : IL N'Y A PAS DE MEILLEURE OCCASION DE FAIRE MA DÉCLARATION !
14
Anniversaire de Tamon
IL N'Y A QU'UN SEUL PROBLÈME –
FLASH-BACK SUR L'ENQUÊTE PRÉLIMINAIRE
UN CADEAU ?
OUI ! CE QUI TE FERAIT PLAISIR, QUOI…
UN CADEAU ?
BEN…
UN PORTABLE, UNE MONTRE, UNE BÉCANE, DES FRINGUES, DES POMPES, UN SNOW-BOARD… TOUT ÇA, J'AI DÉJÀ –
EN FAIT, JE SUIS PLUTÔT BIEN LOTI, SUR LE PLAN MATÉRIEL.

M… MAIS…
IL DOIT QUAND MÊME BIEN Y AVOIR QUELQUE CHOSE !
CONCRÈTEMENT, SI POSSIBLE !
HMMM…
SMILE…
DISONS QU'UN PARC D'ATTRAC-TIONS.
RÉSERVÉ POUR MOI TOUT SEUL, ÇA ME DÉPLAIRAIT PAS…
C'EST UN RÊVE DE GOSSE, EN FAIT.
C'EST LOURD DE FAIRE LA QUEUE À CHAQUE FOIS, NON ?
ENFIN, C'EST DIFFI-CILEMENT RÉALISABLE…
……

VOYONS VOIR...
EST-CE QUE ÇA RENTRE DANS MON BUDGET... ?
SÉRIEUSE
BIENVENUE À TOUS !
NOTRE CONCOURS DU PLUS GROS MANGEUR DE RAMEN VA BIENTÔT COMMENCER !
NOTRE CHAMPIONNE, UZUKI AMI, ARRIVERA-T-ELLE À DÉFENDRE SON TITRE POUR LA CINQUIÈME ANNÉE CONSÉCUTIVE ?!

JE SAIS PAS SI ÇA SERA FAISABLE OU PAS, MAIS UNE CHOSE EST SÛRE : IL ME FAUT DES SOUS !
CE JOUR DOIT ÊTRE LE PLUS BEAU DE MA VIE !
CON-CEN-TRÉE
BIEN ! LES INSCRIPTIONS SONT CLOSES !
LA VICTOIRE EST À MOI !
UN INSTANT !!
ぴく!
MOI AUSSI, JE RELÈVE LE DÉFI !!
ARGH !
MIYAMURA JUNIOR !
Gggrrrrrrrr
?!

TIENS ! MACHINE ? T'ES UNE ÉLÈVE DE MON FRANGIN, NON ?
DRÔLE DE SURPRISE DE TE RENCONTRER LÀ...
JE M'APPELLE PAS "MACHINE" !!
MON NOM, C'EST AMI !
DÉSOLÉE POUR TOI, MON VIEUX !
JE NE CONNAIS PAS LA DÉFAITE !
AH OUAIS ?
BEN, TU VAS PEUT-ÊTRE DÉCOUVRIR CE QUE C'EST, ALORS.

記録134
ET LA VICTOIRE REVIENT AU CHALLENGER : MIYAMURA NOBUYUKI !! NOUVEAU RECORD
IL A PULVÉRISÉ L'ANCIEN DÉTENANT DU TITRE ET ÉTABLI UN NOUVEAU RECORD DE FOLIE !!
YEAH!
MISÈRE. J'AI PERDU.
C'ÉTAIT UNE BELLE BATAILLE, AMI.
QUE DIRAIS-TU D'UN BON GROS HAMBURGER POUR DIGÉRER ? C'EST MOI QUI T'INVITE !
smile
IL A ENCORE DE LA PLACE DANS L'ESTOMAC ?!
MANGER, ÇA M'AIDE À ACCUSER LE CHOC.

JE N'AI PAS REVU NOA AU CLUB DEPUIS L'AUTRE FOIS.
ALORS QUE J'Y VAIS TOUS LES SOIRS EXPRÈS…
HI
EH BEN… MOI QUI LE PRENAIS POUR UN TOMBEUR SÛR DE LUI…
IL EST PAS SI MÉCHANT, FINALEMENT…
AMI !
HEIN ?! QUOI ?!
AIDE-MOI, JE T'EN PRIE !!
GYAAH !
PARLE-MOI DE NOA ! JE VEUX TOUT SAVOIR SUR ELLE !
EUH… DIS…
POURQUOI TU TE METS DANS CET ÉTAT…
ALORS QUE TU NE LA CONNAIS QUASIMENT PAS ?
LE COUP DE FOUDRE !
SDOM

J'AI SENTI QUE C'ÉTAIT ELLE.
JE NE PEUX PAS FAIRE DEMI-TOUR.
JE DOIS LA SÉDUIRE !
ENFIN...
J'AIMERAIS DÉJÀ QU'ELLE RETROUVE LE SOURIRE.
C'EST PAS QUE SON PETIT CÔTÉ BOUGON ME DÉPLAISE, MAIS BON...
CE GARÇON -
EST SI DROIT ET SI FRANC...
BON ! PUISQUE TU AS L'AIR SI DÉCIDÉ -
TU ACCEPTES ?! SÉRIEUX ?!
MAIS !

TU DOIS ME PROMETTRE UNE CHOSE !
TU NE FERAS PAS LES CHOSES À MOITIÉ !
SOUS SES DEHORS DE FÊTARD, IL EST PEUT-ÊTRE QUELQU'UN DE SÉRIEUX.
C'EST PAS UN JEU, OK ?
OK !
J'AI L'IMPRES-SION QU'AVEC LUI -
ÇA PEUT MARCHER !

YES !
JE SUIS SOULAGÉ MAINTENANT !
AVEC AMI DE MON CÔTÉ, TOUT IRA COMME SUR DES ROULETTES ! ♡
BURGER
BURGE
IL SE FATIGUE JAMAIS, CELUI-LÀ…
BON, QU'EST-CE QU'ON FAIT MAINTENANT ? JE NE PENSE PAS QUE NOA ACCEPTERA UN TÊTE-À-TÊTE AVEC TOI FACILEMENT !
C'EST VRAI… JE M'EN DOUTE… C'EST CUIT…
AH ! MAIS NON !
ÉCOUTE-MOI !
JE VIENS D'AVOIR UNE BONNE IDÉE.
HEIN ?
PLAN D'ATTAQUE N° 1 ♡
BON SANG… IL N'A PAS L'AIR DE PLAISANTER…
JE CRAINS LE PIRE…
takaki
COME ON, BABY, SURFONS ENSEMBLE SUR LA VAGUE DE L'AMOUUUR !!! ♫

ENFIN BON !
ON VA BIEN VOIR CE QUE TU VAUX COMME ÇA !
MIYAMURA JUNIOR ! PAS JUNIOR, NOBUYUKI !
C'est pas dûr à se rappeler !
TOUT CE QUE TU AS À FAIRE, C'EST EMMENER NOA À SHIBUYA SAMEDI EN SORTANT DES COURS.
TU M'EX-PLIQUES MAINTENANT, AMI ?!
POURQUOI TU M'AS EMMENÉE ICI APRÈS LES COURS ?
渋谷
BEN...
"BEN" ? MAIS ENCORE ?
DÉJÀ, JE ME DEMANDE COMMENT IL VA NOUS TROUVER DANS LA FOULE.
Quelle andouille !
AH !

AUJOURD'HUI DANS "YOUNG STREET"...
NOUS RECEVONS LE CHAMPION DE SURF, MIYAMURA NOBUYUKI !!
SALUT TOUT LE MONDE !
ALORS, NOBUYUKI ! ÇA MARCHE FORT POUR TOI UN PEU PARTOUT DANS LE MONDE EN CE MOMENT !
TU ÉTUDIES DANS UNE FAC AMÉRICAINE, ET TU ES DE PASSAGE AU JAPON.
CONTENT DE RETROUVER TON PAYS ?
AHAHAH ! OUAIS, SURTOUT LES PLAGES !

QUAND JE VOIS UNE VAGUE QUE JE SENS BIEN, JE NE LA LAISSE PAS M'ÉCHAPPER !
OH ! GÉNIAL !
EH ! TU M'ENTENDS, NOA ?!

TU VEUX PAS (...)

SORTIR AVEC MOI ?!

Brouhaha
Brouhaha
Brouhaha

NOA...
NOA ?
TU VEUX PAS SORTIR AVEC MOI ?!

URUKYU.

NOA
TU VEUX PAS...
SORTIR AVEC MOI ?!
TU LE REGRETTERAS PAS, PROMIS JURÉ !
ALLEZ ! FAIS-MOI UN BEAU SOURIRE, QUOI !

VEUILLEZ NOUS EXCUSER POUR CETTE INTERRUPTION MOMENTANÉE DE NOS PROGRAMMES TVQ
ざわ
なんだありゃー
ざわ

ÉHÉHÉH ! DÉSOLÉS POUR CE PETIT INCIDENT !
PASSONS TOUT DE SUITE À LA RUBRIQUE SUIVANTE !
.... !!!
VIENS, AMI ! ON S'EN VA !
NOA...
QUELLE MOUCHE T'A PIQUÉ ?! ON T'AVAIT DIT DE SUIVRE LE SCRIPT !
DÉSOLÉ ! SOUS LE COUP DE L'EXCITATION ☆

......
ÇA A PLUTÔT EU L'EFFET INVERSE, SI TU VEUX MON AVIS !
MES SENTIMENTS SONT CLAIRS. IL FAUT QUE JE LES EXPRIME.
SURTOUT QU'ELLE N'EST PAS ENCORE REMISE DE SA SÉPARATION AVEC SON EX-COPAIN.
EN PLEIN EXERCICE
AH AH AH
PAS GRAVE, ÇA ! DE TOUTE FAÇON, JE NE PEUX PAS FAIRE AUTREMENT !
JE NE ME SATISFERAI PAS D'UNE RELATION AMICALE OU JE NE SAIS QUOI AVEC ELLE !

C'EST BIEN BEAU, MAIS -
AVEC TOMOHIRO, C'EST ELLE QUI COURAIT APRÈS TANDIS QUE LUI RESTAIT DE MARBRE.
ELLE N'EST PAS HABITUÉE À CE QUE SE SOIT L'INVERSE.
LUI ET TOMOHIRO SONT AUSSI DIFFÉRENTS QU'UN FILET DE POISSON ET UN STEAK SAIGNANT : RIEN À VOIR !
PAS FACILE POUR NOA.
Après l'effort, un peu de réconfort !
GLOUB
GLOUB
Un litre de milk shake hyper sucré + un méga-burger triple gras.
BON.
ET TOI, AMI ? QU'EST-CE QUE ÇA DONNE ?
HEIN ?
♡ AVEC TAMON ? ♡
MON FRANGIN M'A TOUT RACONTÉ ♡
SHAKE
T'AS BESOIN D'UN COUP DE POUCE, NON ?
!!!
Maudit Miyamu !!

WOW !
UNE DÉCLARATION LE JOUR DE SON ANNIVERSAIRE ?!
EXCELLENT ! C'EST DANS LA POCHE. ♡ ♡
MOUAIS -
SAUF QU'IL FAUT QUE JE TROUVE LE TRUC FATAL...
POUR FAIRE LA DÉCLARATION ULTIME...
LE PROBLÈME, C'EST QUE TAMON A DÉJÀ TOUT CE QU'IL LUI FAUT.
ET PUIS VU QU'IL A LA COTE, IL VA SÛREMENT RECEVOIR DES TONNES DE CADEAUX...
QU'EST-CE QUE JE VAIS BIEN POUVOIR LUI OFFRIR -

C'EST PAS COMPLIQUÉ, ÇA ! ♡
UNE AMI EN CHAIR ET EN OS ENVELOPPÉE D'UN SIMPLE RUBAN...
J'Y AI PENSÉ L'ESPACE D'UN INSTANT. MAIS PAS QUESTION !!
COME ON, TAMON. ♡ ♡ ♡
IL N'Y A PAS UN GARÇON QUI RÉSISTERAIT À ÇA !
RESTE PLUS QU'UNE SOLUTION -
C'EST CE QU'IL M'A DEMANDÉ EN PLUS...
AH BON ? TU SAIS DONC CE QU'IL VEUT ?!
BLABLABLA BLA
UN PARC D'ATTRACTIONS POUR LUI TOUT SEUL ?!
LA VACHE ! IL A DES GOÛTS DE LUXE, TON TAMON !!!

À COEUR AMOUREUX RIEN D'IMPOSSIBLE !!
ET LÀ, C'EST L'AMOUR DE MA VIE !!
LET'S GO !!
UNE RÉSERVATION PRIVÉE DU PARC ? OUI, BIEN SÛR, C'EST POSSIBLE.
PARFAIT... IL FAUT COMPTER DANS LES COMBIEN ?
DOM DOM DOM DOM DOM DOM
NOS FORFAITS DE RÉSERVATION À LA JOURNÉE COMMENCENT À PARTIR DE CENT MILLIONS DE YENS.
OH ! À PEINE CENT MILLIONS ?
WOW ! C'EST UNE AFFAIRE, JE N'EN REVIENS PAS !

ガラガラガラ
AMIIII !!!
RÉVEILLE-TOI !
JE VAIS FAIRE CE QUE JE PEUX –
MAIS IL FAUT PENSER AUX FRAIS GÉNÉRAUX –
IL ME FAUT UNE ROBE, UNE COUPE DE CHEVEUX...
IL FAUT QUE LA JOURNÉE SOIT PARFAITEMENT RÉUSSIE –
HUM
CE N'EST PAS LE MOMENT DE BAISSER LES BRAS !

PAS MAINTENANT ! JE ME SUIS DÉJÀ DONNÉE TANT DE MAL !
POUR TAMON, JE SUIS PRÊTE À TOUT !
IL FAUT LE FAIRE !
COURAGE !
OK !!
MOI NON PLUS, JE NE BAISSE PAS LES BRAS !
TAMON !
JE TE TIENS. ♡
ON TE VOIS PRESQUE PAS CES TEMPS-CI !

TU ES LIBRE AUJOURD'HUI ? ON PASSE LA JOURNÉE ENSEMBLE ?
DÉSOLÉ, J'AI AUTRE CHOSE DE PRÉVU.
TIENS ? TU AS CHANGÉ DE PORTABLE ?
EH ! PAS TOUCHE !
OH LA LA ! C'EST QUOI SON PROBLÈME ?!
SI ÇA SE TROUVE, C'EST VRAI CE QU'ON DIT : TOMOHIRO ET LUI SONT HOMOS !
RACONTEZ CE QUE VOUS VOULEZ !
MAIS VENEZ PAS ME GONFLER !
BIP
......
INFO
PAS D'APPEL
PEUH.

ON VA ÊTRE ASSORTIS... ÇA NE TE DÉRANGE PAS ?
D'ABORD. JE SAIS MÊME PAS -
POURQUOI J'ATTENDS QU'ELLE M'APPELLE !
......

DIS DONC, AMI...
T'AURAIS PAS GROSSI ?
ぎくっ
NON MAIS, ÇA VA PAS DE DIRE DES TRUCS COMME ÇA ?!
oh!
TU AS LE VENTRE QUI DÉBORDE DE TON SHORT, NON ?
t'as plus de bide que de poitrine...
ET PUIS TU AS DES BOUTONS !
ARGH ! C'EST À CAUSE DE TOUS CES CONCOURS DE GROS MANGEURS QUE J'AI FAITS POUR GAGNER DE L'ARGENT !!
FAUT QUE JE RECOMMENCE À FAIRE DES EXERCICES ! ET PUIS QUE JE SOIGNE MA PEAU !
TU AS RENONCÉ À SÉDUIRE TAMON OU QUOI ?
T'ES MAL BARRÉE LÀ, TU SAIS...
Enfin, c'est pas mon problème.
ET TOI, ALORS ?! TU T'ES VUE ?!
QUE... QU'EST-CE QUE ÇA VEUT DIRE, ÇA ?!

ELLE VEUT PARLER DE MOI. ☆
C'EST PAS GENTIL DE M'IGNORER COMME ÇA, NOA !
SALUT ♡
JE NE TENAIS PLUS, ALORS JE SUIS VENU TE VOIR. ♡
!!!
NON ?!

EH ! N'ENTRE PAS DANS L'ENCEINTE DU BAHUT !
SI UN PROF TE VOIT –
TU NE M'AS TOUJOURS PAS RÉPONDU, TU SAIS…
TU AS RÉFLÉCHI AU MOINS ?
JE…
JE TE L'AI DÉJÀ DIT !
JE N'AI PAS L'INTENTION DE SORTIR AVEC QUI QUE CE SOIT POUR LE MOMENT !
……
PAS "POUR LE MOMENT", HEIN ?

ÇA VEUT DONC DIRE QUE J'AI UNE CHANCE POUR PLUS TARD. JE LE PRENDS COMME ÇA EN TOUT CAS.
OK !
EN ATTENDANT, JE SUIS DANS LES STARTING-BLOCKS !
SI ÇA SE TROUVE, "PLUS TARD", CE SERA DEMAIN !
....
REPASSE PLUTÔT DANS 300 MILLIONS D'ANNÉES-LUMIÈRE !!
BYE-BYE –
J'EN AI MARRE DE ME FAIRE FRAPPER –

HEP, NOA ! ATTENDS UNE SECONDE !
QUOI ENCORE ?!
EXTRA, LES LUNETTES ! T'ES TRÈS MIGNONNE COMME ÇA ! ♡
ぽすっ
C'EST ÇA ! ALLEZ, DÉGAGE !!
OK, OK !
FLIP…
C'EST AMUSANT -

NOA QUI SE MET EN PETARD CONTRE UN GARÇON_ (ALORS QUE D'HABITUDE, ELLE JOUE TOUJOURS LES PETITES CHATTES_)
!!!
ET MOI, ALORS -
JE VEUX AVOIR L'AIR MIGNONNE, BIEN SÛR, MAIS_
JE VEUX AUSSI QU'IL ME VOIT TELLE QUE JE SUIS.
JE VEUX QU'IL M'AIME POUR CE QUE JE SUIS.
QUOIQUE ÇA RISQUE D'ÊTRE CHOQUANT POUR LUI DE ME VOIR ME DÉCHAÎNER, PLEURER, HURLER_

JE FAIS MON MAXIMUM POUR QUE MES SENTIMENTS TE PARVIENNENT. ALORS…
RÉPONDS-Y, S'IL TE PLAÎT…
TAMON
…

CES MOUCHOIRS EN PAPIER VOUS SONT OFFERTS PAR LE SALON DE BEAUTÉ "MIRACLE PRINCESS" !
PETIT BOULOT OBTENU PAR LA SOEUR DE NOA
VENEZ TESTER NOS SOINS !
OH !
ET BEN ! ELLE SE DONNE À FOND !
UUUH... 'FAIT CHAUD... J'AI FAIM...
COURAGE ! IL ME FAUT CET ARGENT POUR M'ACHETER UNE ROBE POUR LE JOUR J !
BIEN...
JE VAIS LUI DONNER UN PETIT COUP DE POUCE -
TAMON ?!
TAMON
SALUT, C'EST MOI.
Q... QUOI ? QU'EST-CE QUE TU VEUX ? JE SUIS OCCUPÉE, LÀ.

ET BEN -
QUEL ACCUEIL CHALEUREUX... ÇA FAIT PLAISIR DE T'APPELER...
JE ME DEMANDAIS POURQUOI TU NE M'APPELAIS PLUS.
C'EST DONC PARCE QUE TU AS COMMENCÉ UN PETIT BOULOT.
HEIN

JE RÊVE ?!
CO… CO… COMMENT AS-TU SU ?!
LE HASARD, BANANE ! JE PASSAIS DANS LE COIN ! T'AS L'AIR CONTENTE DE ME VOIR, C'EST SYMPA !
パニック
BEN, C'EST PARCE QUE …
BON SANG ! IL NE FAUT PAS QU'IL DÉCOUVRE CE QUE JE PRÉPARE ! MON PLAN DOIT RESTER TOP SECRET JUSQU'À SON ANNIVERSAIRE !
AMI… ÇA VA ?
T'ES TOUTE ROUGE …
EUH…
AH… QU'EST-CE QUE … ?

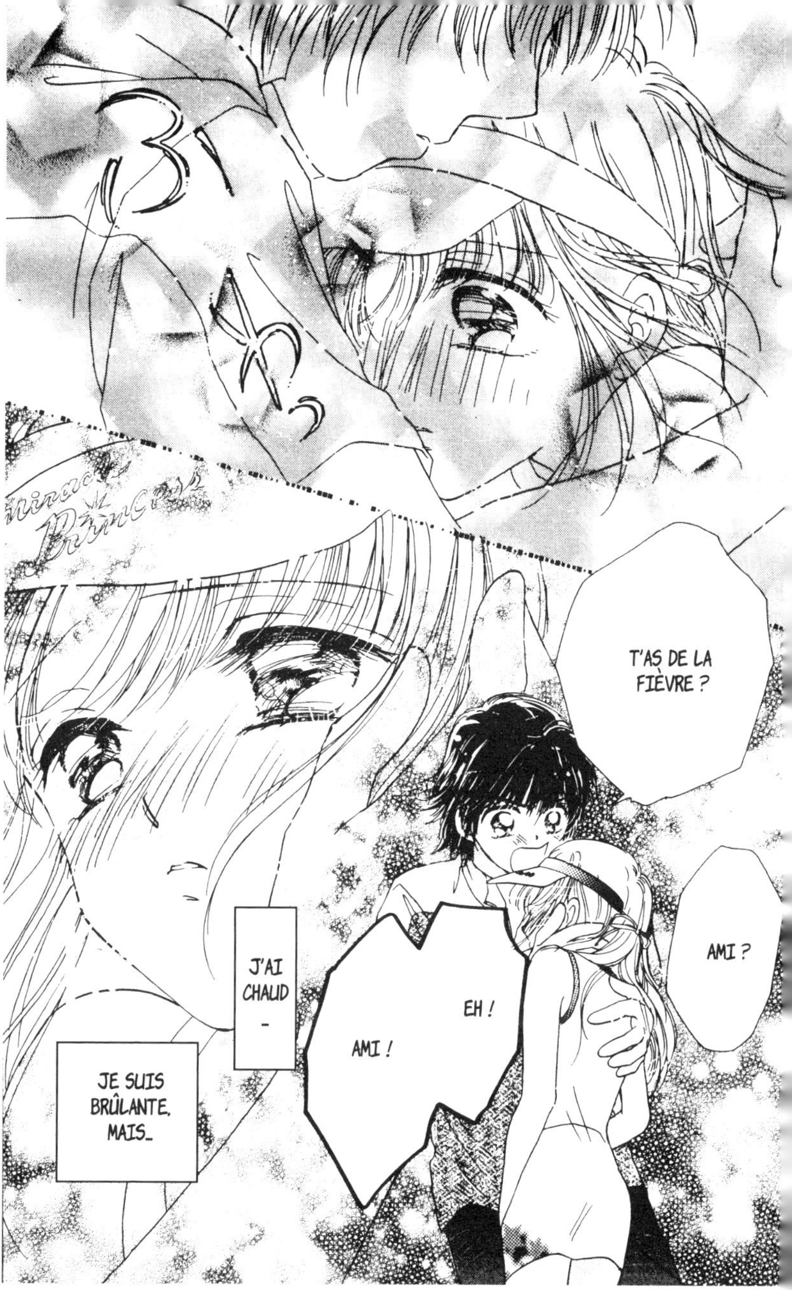

T'AS DE LA FIÈVRE ?
AMI ?
EH ! AMI !
J'AI CHAUD –
JE SUIS BRÛLANTE, MAIS…

HMM...
MMMM...
NON... PLUS FAIM...
NEUF... MILLE... NEUF... CENT...
うーん うーん
? ? ?
JE SUIS SI BIEN LÀ...
CONTRE LE TORSE DE TAMON...
......
TA... MON...
COME ON...
JE ME DEMANDE À QUOI TU RÊVES ...

FAUDRAIT QUE...
T'ARRÊTES DE FAIRE DES FRAYEURS AUX GENS COMME ÇA...
ESPÈCE D'IDIOTE
-

...?
TA... TAMON ?
OÙ SOMMES-NOUS... ?
À L'HÔPITAL, PARDI !
IL ÉTAIT TEMPS QUE TU TE RÉVEILLES !
T'ES TOMBÉE DANS LES VAPES EN PLEINE RUE, J'SAIS PAS SI TU TE SOUVIENS !
PAS ÉTONNANT QUAND ON RESTE DEBOUT EN PLEIN SOLEIL PENDANT DES HEURES AVEC LE VENTRE VIDE !
ENFIN, Y'A RIEN DE GRAVE APPAREMMENT. LE MÉDECIN A DIT QUE TU POURRAIS RENTRER CHEZ TOI EN TE RÉVEILLANT.
ALLEZ, HOP !
Grouille-toi un peu !
ET BEN...
J'aurais mieux fait de continuer de dormir...

C'EST TOI QUI M'AS AMENÉE ICI, N'EST-CE PAS ?
ET TU ES RESTÉ À MON CHEVET TOUT LE TEMPS QUE JE DORMAIS… ?
ALORS QU'IL A DIT QU'IL PASSAIT PAR-LÀ PAR HASARD…
MERCI…
PAS DE QUOI.
J'AVAIS RIEN À FAIRE, DE TOUTE FAÇON.

TAMON !
SAMEDI PROCHAIN ! TU ES LIBRE ?
OK...
IL FAUT QUE TU TE LIBÈRES !
S'IL TE PLAÎT !
CETTE JOURNÉE DOIT ÊTRE EXCEPTION-NELLE !

JE VAIS ME FAIRE ULTRA-CUTE POUR FÊTER TON ANNIVERSAIRE !
Drôle d'accoutrement...
N'en rajoute pas ! J'ai assez honte comme ça...
Miracle Princess
Miracle Princess
DRÔLE DE RÊVE, QUAND MÊME... J'AI EU L'IMPRESSION QUE C'ÉTAIT UN VRAI BAISER ♡
POURVU QUE CE SOIT UN RÊVE PRÉ-MONITOIRE !
......

ET BEN…
…
CRÉDIT
SOLDE
5.000 60.542
5.000 65.542
10.000 75.542
3.000 78.542
銀行
C'EST PAS AVEC ÇA QUE JE VAIS POUVOIR RÉSERVER UN PARC D'ATTRACTIONS…
VIENS LÀ QUE JE TE DISE QUELQUE CHOSE À L'OREILLE…
ON NE SAIT JAMAIS…
NO… NOBUYUKI ?!
VIENS LÀ QUE JE TE DISE QUELQUE CHOSE À L'OREILLE…

!
POUR LE RESTE -
C'EST À TOI DE JOUER ! ♡
OK !
INCROY-ABLE ...!
WOW !
ÇA VA ÊTRE UN ANNIVER-SAIRE MÉMO-RABLE ! !

URUKYU.

TAMON...
CONFIRMATION
EFFACER CES INFORMATIONS ?
NO
DIGITAL
TU NE TE DOUTES PAS ENCORE DU CADEAU D'ANNIVERSAIRE QUE JE TE RÉSERVE !
INFORMATION
LES INFORMATIONS DU RÉPERTOIRE ONT ÉTÉ EFFACÉES.
1 MESSAGE EN ATTENTE
DIGITAL

REPERTOIRE
UZUKI AMI
DIGITAL
......
OKAZAKI-SAN ? VOILÀ LE COURRIER !
MERCI...
AMI... ?
POURQUOI ELLE M'ENVOIE UNE LETTRE ?
Uzuki Ami

INVITATION
Très cher Monsieur Okazaki Tamo
Samedi soir à 21h00
une surprise vous attend
au parc wonderful wonder wor
*Prière de ne pas me contacter d'ici là.
AMI
QUOI ? TAMON EST DÉJÀ PARTI ?!
SAMEDI PROCHAIN ! TU ES LIBRE ?
ALLONS BON...
ZUT ! MOI QUI VOULAIS PASSER LA SOIRÉE AVEC LUI !
IL FAUT QUE TU TE LIBÈRES !
QU'EST-CE QU'ELLE PRÉPARE ENCORE CETTE FOIS... ?

QUOI ... ?
WORLD
FERMETUR
EXCEPTIONNELL
MERCI DE VOTRE VISITE
HORAIRES D'OUV
11 H - 23H30
WONDERFUL WON
BEN...
QU'EST-CE QUE ÇA VEUT DIRE ... ?
AMI ?
EH ! AMI !
T'ES LÀ ?

パ
9:00
ギ
ギ
ギィ
ひら

BIENVENUE !
TAMON !

Smile
A... AMI... ?

CE SOIR...
C'EST TA SOIRÉE, TAMON ! ☆
TU VAS T'AMUSER COMME UN PETIT FOU ! PROFITES-EN BIEN ♡
ALLEZ !
QUE LA FÊTE COMMENCE !!

HAPPY BIRTHDAY TAMON!!
MONTAGNES RUSSES, GRAND 8…
PAR QUOI ON COMMENCE ?
CHOISIS ! C'EST TOI QUI DÉCIDES ! QU'EST-CE QUE TU PRÉFÈRES ? ♡
MANÈGE, JUNGLE CRUISE, SPACE SHUTTLE, MAISON HANTÉE !
MAIS ENFIN…
QU'EST-CE QUE…

UN CADEAU_ ?
OUI ! CE QUI TE FERAIT PLAISIR, QUOI_
UN PARC D'ATTRACTIONS RÉSERVÉ POUR MOI TOUT SEUL, ÇA ME DÉPLAIRAIT PAS ♫
C'EST UN RÊVE QUE J'AI DEPUIS TOUT PETIT.
BON SANG_
J'Y CROIS PAS_
C'EST PAS VRAI_
VIENS, TAMON ! ESSAYONS CELUI-LÀ !
C'EST UN TOUT NOUVEAU JET COASTER !
VITE_
VITE . . .

EH ! T'EXCITE PAS TOUTE SEULE !
ON Y VA !
OK !
RIEN N'EST IMPOSSIBLE POUR MOI !

JE RÉALISE TON RÊVE LE PLUS FOU...
EN ÉCHANGE, DONNE-MOI TON BEAU SOURIRE !
ET LAISSE-MOI...

ÊTRE À TES CÔTÉS……
ILS ONT FRANCHI LE POINT C-16 !
OK !
PARFAIT ! TOUT MARCHE COMME SUR DES ROULETTES ! ♪
JE SUIS PAS CERTAINE QU'ON AIT LE DROIT DE S'AMUSER DANS UN PARC D'ATTRACTIONS FERMÉ…
COMMENT AS-TU FAIT…
HÉHÉHÉ…
JE ME SUIS FAIT PASSER POUR UN INTÉRIMAIRE, ET J'AI APPRIS À ME SERVIR DU PANNEAU DE COMMANDES. ♡

UN JOUR, ROI DE LA NUIT, L'INSTANT D'APRÈS, SURFER DE L'AURORE ☆
MAMAN ! REGARDE L'OURS QUI DANSE !
ET PUIS AGENT SECRET DÉGUISÉ EN MASCOTTE DANSANTE QUI FAIT RÊVER LES ENFANTS !
ENTRAÎNEMENT INTENSIF
D'AILLEURS, JE SENS QU'AMI A UN BON POTENTIEL. JE POURRAIS LA RECRUTER...
C'EST ÇA, SI ÇA T'AMUSE...
AU FAIT, NOA...
QUAND TE DÉCIDERAS-TU À M'APPELER PAR MON PRÉNOM... ?
NO-BU-YU-KI...
......
J'Y RÉFLÉCHIRAI SI TOUT SE PASSE BIEN POUR AMI !
TU JOUES LA DURE, MAIS EN FAIT TU AS UN COEUR D'OR ☆
TU ES VENUE ICI PARCE QUE TU T'INQUIÉTAIS POUR AMI, NON ?
NAN !

C'EST JUSTE QUE J'AI BESOIN DE VOIR CE QUE ÇA VA DONNER...
...ÇA M'ÉNERVERAIT QU'ELLE PRENNE DE L'AVANCE SUR MOI...
C'EST COMPRIS, AMI ? MINUIT, DERNIÈRE LIMITE !
C'EST À CETTE HEURE-LÀ QUE LES GARDIENS FONT LEUR RONDE !
IL FAUT QUE TU CONCLUES AVANT !
QU'EST-CE QU'IL Y A ? TU AS PEUR ?
N... NON !
......
COMMENT ?
J'ENTENDS RI...

!!!!
WOW !
DÉJÀ CETTE HEURE-LÀ ?!
C'EST PASSÉ SUPER VITE !
ZUT…
MON COEUR BAT LA CHAMADE…
ALORS QUE LE MOMENT FATIDIQUE APPROCHE…
ÇA VA ALLER ! J'AI PASSÉ DES NUITS BLANCHES À RÉPÉTER CE SCÉNARIO DANS MA TÊTE !
TOUT S'EST BIEN PASSÉ JUSQU'À MAINTENANT.
L'AMBIANCE EST LÀ… IL NE RESTE PLUS QU'À CONCLURE EN BEAUTÉ ! ALLEZ !

ALLEZ
......
......
~~~~......
MERCI, AMI...
~~~~

カチ
ON
C-124
C'ÉTAIT SUPER !
ÇA FAISAIT UN BAIL QUE JE NE M'ÉTAIS PAS AUTANT ÉCLATÉ !

TAMON !
JE VEUX ...
SORTIR AVEC TOI !

JE T'AIME !
C'EST VRAI !
JE T'AIME DE TOUT MON COEUR !

どきん どきん
……
POURQUOI TE TAIS-TU… ?
VITE… DIS QUELQUE CHOSE…
JE VAIS FAIRE UNE SYNCOPE SINON…
EH LÀ ! QU'EST-CE QUE VOUS FAITES ICI ?!

ON NOUS A PRÉVENUS QUE LES ATTRACTIONS FONCTIONNAIENT ALORS QUE LE PARC EST FERMÉ !
ZUT ! ON S'EST FAIT GRILLER !
WOW ! JE SUIS VACHEMENT SURPRISE !
EH ! ATTENDEZ UN PEU !!
AMI !
COURS !

なん
C'EST PAS VRAI ! POURQUOI EST-CE QUE ÇA SE PASSE TOUJOURS COMME ÇA ?!
AH
AH
PFYUUUU...
AH
JE ME SOUVIENDRAI DE CET ANNIVERSAIRE -
WOW...

TU… TU AS CHANGÉ - DE PORTABLE !
C'EST SEULEMENT MAINTENANT QUE TU T'EN APERÇOIS ?
UN PEU TARD…
……
TIENS.
REGARDE LE RÉPERTOIRE.
JE SUIS LA 208e DE LA LISTE ?!

TU ES LA PREMIÈRE MAINTENANT.
RÉPERTOIRE
UZUKI AMI
01:
001
RETOUR
DIGITAL

MOI AUSSI JE VEUX SORTIR AVEC TOI, AMI.

ATTENDS_
JE_
JE RÊVE
OU QUOI_ ?
NON

C'EST BIEN LA RÉALITÉ.!

CE BAISER MARQUE LE COMMENCE-MENT...
DE NOTRE AMOUR.

URUKYU.

TU ES LA PREMIÈRE, AMI.
MOI AUSSI, JE VEUX SORTIR AVEC TOI.
LES MOTS QUE J'ATTENDAIS.
ENFIN... LES VOILÀ...

EMBRASSE-MOI ENCORE !
POUR ME CONVAINCRE QUE JE SUIS BIEN TA COPINE -
ENCORE ! ENCORE !
POUR ME PERSUADER QUE JE NE RÊVE PAS.
J'AI BESOIN DE SENTIR TA CHALEUR -

ATTENDS ! TU AS TOUT VU OU QUOI ?!
HMMM ... BOF !
Ptam !

JE VOIS TOUT CE QUI SE PASSE DANS TA PETITE TÊTE, AMI.
EN CE MOMENT, ELLE EST PLEINE DE PETITES FLEURS, PAS VRAI ?
TU DEVIENS SI NUNUCHE DÈS QU'IL S'AGIT DE TAMON, TU FONDS COMME DE LA GLACE AU SOLEIL
C'EST QUOI, CE REGARD ?
OH...
RIEN
DU TOUT, VOYONS !
AÏE !
ENFIN, ÇA DEVRAIT ALLER MIEUX MAINTENANT QUE C'EST UNE AFFAIRE QUI MARCHE !
PROFITES-EN BIEN MAINTENANT QU'IL EST À TOI.
SI TU ES DANS LA LUNE, J'ESSAIERAI MÊME D'ÊTRE TOLÉRANTE.

HÉ ! C'EST QUOI CETTE TÊTE ?!
J'ARRIVE TOUJOURS PAS À RÉALISER QU'ON SORT ENSEMBLE ! J'AI L'IMPRESSION QUE C'ÉTAIT UN RÊVE !
Pleure pas !
TAMON NE DISAIT PAS UN MOT. ET MOI NON PLUS. JE NE SAVAIS PAS QUOI FAIRE…
ALORS… NOUS NOUS SOMMES EMBRASSÉS, COMME POUR NOUS ASSURER DE NOS SENTIMENTS…

ENCORE ET ENCORE…
KYAAA !!
ARRÊTE DE M'Y FAIRE REPENSER !!
Ben, tiens…
BEN TIENS…
QU'EST-CE QUE TU ATTENDS POUR ALLER LE REJOINDRE ?
VOUS AVEZ RENDEZ-VOUS, NON ?

TU SAIS -
ELLE ÉTAIT PAS MAL TA DÉCLARATION. TU AVAIS L'AIR SÛRE DE TOI.
TU AS REMONTÉ DANS MON ESTIME.
NOA _
JUSTE UN PETIT PEU, MAIS QUAND MÊME.

MAIS ALORS, ÇA VEUT BIEN DIRE QUE TU AS TOUT VU ?!
RÉPONDS !!
ALORS.. BALANCES.. QU'EST-CE QUE ÇA DONNE CÔTÉ COEUR ? ♪
ちょーあたる!!
占いBook
POUR LES BALANCES, LE GRAND AMOUR SE FAIT ENCORE ATTENDRE UN PEU, NON ?

MIYAMU…
ÇA FAISAIT LONGTEMPS…
L'AMOUR N'EST PAS UNE COMPÉTITION, NOA.
CE N'EST PAS LA PEINE D'ESSAYER DE FAIRE LA COURSE AVEC AMI.
ENFIN, TU SAIS QUE MIYAMU EST LÀ POUR RÉSOUDRE TOUS TES PROBLÈMES DE COEUR !
COMMENT VA LE PETIT FRÈRE… ?
C'est tranquille quand il est pas là.
OH OH ! TU T'INTÉRESSES DONC À NOBUYUKI !
Hé hé !
PAS DU TOUT… !
EN FAIT… JE SUIS UN PEU JALOUSE…
D'AMI ET DE NOBUYUKI…

SI, MOI AUSSI, J'AVAIS DÉCLARÉ MES SENTIMENTS PLUS OUVER-TEMENT...
PEUT-ÊTRE QUE ÇA NE SE SERAIT PAS TERMINÉ COMME ÇA ...
JE N'ARRIVE TOUJOURS PAS À Y CROIRE !
ENFIN...
C'EST FOU !
J'AI, PASSÉ MON TEMPS À COURIR APRÈS TAMON ...
JE NE VOULAIS QU'UNE CHOSE, C'ÉTAIT ATTIRER SON ATTENTION ...
DODOM

EST-CE QUE C'EST VRAIMENT VRAI ?
MON ATTENTE A VRAIMENT ÉTÉ RÉCOMPENSÉE ?

はーっはーっ
QUE… POURQUOI ES-TU DÉJÀ LÀ… ?
ALORS QUE JE SUIS DIX MINUTES EN AVANCE…
BEN POURQUOI T'AS COURU COMME ÇA ? T'ES PAS EN RETARD POURTANT…
EUH… BOUGE PAS ! JE REVIENS DANS DIX SECONDES !
SWAP
SWAP
SWAP
?
Smile—♡
ET VOILÀ ♡ !
FWU

PARFAIT !
ALLONS-Y !
KY... KYAAAA !!
C'ÉTAIT DONC BIEN VRAI !
J'EN REVIENS PAS ! C'EST LE GRAND AMOUR !

JE SUIS SI ÉMUE…
JE NE SAIS PAS QUELLE TÊTE JE DOIS FAIRE…
JE COMPTE SUR TOI TAMON…
DIS ! ON PREND UN VERRE DANS CE CAFÉ ?!
J'AI TOUJOURS RÊVÉ DE M'ASSEOIR À CETTE TERRASSE ! ♡
HEIN… ?
OP

JE VOIS PAS CE QU'ELLE A DE SPÉCIAL –
......
M'ENFIN, SI TU Y TIENS...
Faut être gentil au début...
...
oui
WOW ! SUPER !
C'EST TROP GÉNIAL !!
NOTRE PREMIER...
RENDEZ-VOUS EN AMOUREUX ♡
ADIEU, MA VIE DE CÉLIBATAIRE !
ADIEU, MES SEIZE ANNÉES DE CALVAIRE !!
PAS LA PEINE DE T'AGRIPPER AU MENU EN FAISANT CETTE TRONCHE.
COMMANDE CE QUI TE PLAÎT.
EEEEH !!
BEN, TU PRENDS QUE ÇA ?!
OUI... EN FAIT...
MON COEUR BAT SI FORT...

ME DIS PAS DES TRUCS COMME ÇA ! JE SAIS PLUS OÙ ME METTRE, MOI !!
BEN OUI, MAIS.
ÇA TE DIT...
D'ALLER QUELQUE PART SAMEDI ?
PARCE QU'ON PEUT PAS SE VOIR TRÈS SOUVENT COMME ON EST PAS DANS LE MÊME BAHUT...
BIEN SÛR !!
AVEC PLAISIR !
BON, BEN...
KITADANI
BEN.
ATTENDS, JE VAIS TE RACCOMPAGNER
BUS

JE PEUX RENTRER EN TRAIN, MOI AUSSI !
ON SERA ENSEMBLE JUSQU'À LA GARE.
QUOI ?!
vraiment ?!
PAS LA PEINE DE HURLER COMME ÇA !
VIENS, LE FEU EST VERT !
WOW...
ÇA N'ÉTAIT PAS COMME ÇA AVANT...
MAINTENANT...
IL ME TRAITE VRAIMENT COMME SA COPINE !!
WAOUH
TRAIN EN QUAI N° 1 ! FERMETURE DES PORTES !
AH ! TU VAS MANQUER TON TRAIN !
Cours !
PAS GRAVE.

2.
プルルルル…
TRAIN
EN QUAI 2 !
DÉPART !
ガタン
ガタン
ガタン…
ガタン
TAMON...

卯月
C'EST MOI !
SALUT, P'PA !
snif
UUH !!
Sdom
sdom
BIBICHE ! C'EST QUOI CETTE DRÔLE D'ODEUR ?!
ÇA EMPESTE !
C'EST RIEN, CHÉRI. C'EST JUSTE AMI QUI FAIT LA CUISINE.
ÇA PUE TANT QUE ÇA ?
THE 通販
自宅で オフィスで
ラクラク ショッピング

QUOI ?! AMI AUX FOURNEAUX ?!
OHOHOH ! C'EST PARCE QU'ELLE PRÉPARE UN REPAS POUR EMMENER À SON AMOUREUX ! PAS VRAI, MA PUCE ? ♡
ELLE SAIT FAIRE AUTRE CHOSE QUE MANGER ?!
M_ MAMAN !
UN AMOUREUX ?!
TU VEUX DIRE QUE MA PETITE FILLE FRÉQUENTE UN GARÇON ?!
♡ OUI ! ♡ UN ♡ PETIT COPAIN ! ♡

Paf !!
MIRACLE !! ELLE A ENFIN TROUVÉ QUELQU'UN !!
JE N'ARRIVE PAS ENCORE À Y CROIRE !
AU DÉBUT, J'AI CRU QU'ELLE ME RACONTAIT UNE BLAGUE !
C'EST TROP BEAU !
CETTE FOIS, C'EST LA BONNE !
ぼん
ぼん
ぼん
Sdom.
Ami
……
NE LE LAISSE PAS FILER, AMI !
METS-LUI LA LAISSE AUTOUR DU COU !
LE PÈRE D'AMI TOSHIO SALARY-MAN POIDS : 130 KG
LA MÈRE D'AMI MARIKO PASSIONNÉE DE TÉLÉ-ACHAT ET DE JEUX-CONCOURS
JE ME SOUVIENS DE QUAND ELLES ÉTAIENT RIVALES, ELLE ET NOA...
FAUT DIRE QUE DANS NOTRE JEUNE TEMPS, LA MÈRE DE NOA ET MOI ON S'EST AUSSI BIEN BATTUES POUR DES HISTOIRES DE GARÇONS...
Sdom!
Fuu
BIBICHE !

NE T'INQUIÈTE PAS, TU ES L'HOMME DE MA VIE, PAPOUNET ! ♡
BIBICHE ♡
INCROYABLE... DIRE QU'EUX AUSSI ONT ÉTÉ DE JEUNES AMOUREUX À UNE ÉPOQUE... (MÊME QUE PAPA ÉTAIT SUPER BEAU GARÇON)
PAPA DANS SA JEUNESSE
PEUT-ÊTRE QU'UN JOUR TAMON ET MO
ぼぼっ
MAIS NON ! PAS DE PRÉCIPITATION !
も
ÇA A BRÛLÉ !
黒沢
KUROSAWA
UNE ! DEUX !
UNE ! DEUX !
DITES, TOUTES LES DEUX...
VOUS POURRIEZ PAS BAISSER LE VOLUME D'UN CRAN ?

TU N'AS QU'À T'EN-TRAÎNER AVEC NOUS !
TU NE FAIS PLUS TROP TES EXERCICES EN CE MOMENT.
PARCE QUE J'AI DES DEVOIRS À FAIRE !
ALISA, LA MÈRE DE NOA, PROPRIÉTAIRE DU SALON DE BEAUTÉ "MIRACLE PRINCESSE" SES MENSURATIONS N'ONT PAS BOUGÉ DEPUIS 20 ANS
B 92 W 58 H 88
C'EST BIEN BEAU D'ÉTUDIER, MAIS À TROP FORCER, TU VAS AVOIR DES RIDULES AUTOUR DES YEUX !
C'EST PAS COMME ÇA QUE TU VAS SÉDUIRE LES GARÇONS !
T'OCCUPE PAS DE ÇA !!
NOA ! N'OUBLIE PAS DE TE BROSSER LES DENTS AVANT DE TE COUCHER !
DES DENTS SAINES ET BLANCHES SONT LE SYMBOLE D'UN CORPS EN BONNE SANTÉ !
RYÛNOSUKE, LE PÈRE DE NOA. DENTISTE TRÈS SOUCIEUX DE LA SANTÉ DE SA FAMILLE
MAIS JE NE VAIS PAS ME COUCHER !
J'ESSAIE DE RÉVISER !
MÊME PAS POSSIBLE D'AVOIR UN PEU DE TRANQUILLITÉ À LA MAISON...
TULULU

NOA !
C'EST MOI ! NOBUYUKI. ♡
QU'EST-CE QUE TU VEUX ?
TU ES LIBRE CE WEEK-END ?
VIENS FAIRE UN TOUR À LA PLAGE POUR TE CHANGER LES IDÉES !
♡ IL Y AURA UNE SÉANCE DE PHOTOS POUR UNE REVUE DE SURF !
Q... QUOI ?!

QU'EST-CE QUE TU FAIS LÀ, TOI ?!
C'EST MOI QUI DEVRAIS TE POSER CETTE QUESTION !
UN RENDEZ-VOUS EN AMOUREUX ! ♡
ALORS NE NOUS DÉRANGE PAS !!
SOIS TRANQUILLE !
ARRÊTEZ_
NON MAIS !
PFF
TIENS_ NOA SORT AVEC CE TYPE ?
NON. JE CROIS PAS.
MAIS NOBUYUKI MET LA PRESSION.
Il la lâche pas.
HMM -

SUPER ! IL EST EN GRANDE FORME !
TROP FORT ! IL VA FAIRE LA COUV' !
JE NE LE RECONNAIS PLUS QUAND IL EST SUR SA PLANCHE DE SURF.
TU M'É-TONNES -
FINALEMENT. ELLES REGARDENT ENSEMBLE.

AH !

TAMON!?

OH ! SUPER !
COME ON, TAMON !
EH ! VOUS AVEZ VU CE TYPE ?
IL LANCE UN DÉFI À NOBUYUKI !
TROP FORT !
AHAHAH !
IL VEUT TOUJOURS SE FAIRE REMARQUER...
IL N'A PAS L'AIR...
INTIMIDÉ DU TOUT !
WOW
IL RELÈVE TOUS LES DÉFIS...

ET IL EST SI CLASSE -
IL N'Y EN A PAS D'AUTRES COMME ÇA !
MOI AUSSI…

JE DOIS FAIRE DES EFFORTS POUR ME METTRE À SON NIVEAU...
POUR QU'IL CONTINUE À ME DIRE QUE JE SUIS "LA PREMIÈRE" !
WINNER!
TU AS VU ? IL Y A UNE SÉANCE DE PHOTOS !
AH !
ET VOILÀ CE QUI ARRIVE QUAND ON VEUT S'ATTAQUER À UN PRO !
TAMON !

TOUJOURS EN TRAIN DE COLLER TAMON ?
J'EN AI MARRE DE TOUJOURS TE TROUVER LÀ OÙ IL NE FAUT PAS !
TSUKISHIMA MIKA !
TU NE COMPRENDRAS PAS TANT QUE TAMON NE TE DIRA PAS LES CHOSES CLAIREMENT…
ÇA VA MAL FINIR POUR TOI, MA PETITE -
QU'ELLE DISE CE QU'ELLE VEUT ! JE NE CÉDERAI PAS !
……
JE…
JE…

ELLE NE ME COLLE PAS.
NOUS SORTONS ENSEMBLE.
COM-MENT _?!

NE ME RACONTE PAS DE MENSONGE ! JE N'Y CROIS PAS !
TU N'ES PAS SÉRIEUX, N'EST-CE PAS ?
C'EST ENCORE UNE...

PAS CETTE FOIS !
LAISSE TOMBER, MIKA.
JE NE ME REMETTRAI PAS AVEC TOI.

MIKA
—......
TAMON !
C'EST BON !
IL FALLAIT CLARIFIER LA SITUATION UNE BONNE FOIS POUR TOUTES.
JE L'AI AIMÉE, C'EST VRAI
-
MAIS MAIN-TENANT
-

ぱん
OUTCH
......
ÇA, C'EST POUR LE BAISER BRUTAL !
NE RECOMMENCE JAMAIS AVEC MOI !
PARDON.

ET QU'EST-CE QUE TU ALLAIS DIRE…
APRÈS "MAIS MAINTENANT"… ?
MAINTENANT…
IL N'Y A QUE TOI, AMI…

YUMA !
TU ES SÛRE QUE ÇA VA ?
TU ES SPLENDIDE, AMI !
RIEN À REDIRE !
TOUJOURS METTRE EN VALEUR TA FÉMINITÉ !
C'EST LE MINIMUM POUR ENTRETENIR SON COUPLE !
OK !
UN RENDEZ-VOUS POUR ALLER VOIR UN FEU D'ARTIFICE
C'EST BEAU L'AMOUR !
TOI AUSSI, TU DEVRAIS PORTER UN YUKATA, NOA !
C'EST BON !
DE TOUTE FAÇON ...

LE YUKATA, C'EST BON POUR CELLES QUI N'ONT PAS DE POITRINE !
PEUH !
ENFIN... AMUSE-TOI BIEN QUAND MÊME.
MAINTENANT QUE TAMON A MIS LES CHOSES AU CLAIR AVEC SON EX...
IL N'Y A PLUS RIEN POUR VOUS GÊNER.
ENFIN DÉBARRASSÉE DE CETTE PETITE PIMBÊCHE !
GRR
OUI...
C'EST VRAI... C'EST LE BONHEUR...
LE BONHEUR TOTAL !
WOW !
QUELLE FOULE !

LES ONDES NE PASSENT PAS…
LE RÉSEAU DOIT ÊTRE TROP ENCOMBRÉ AVEC TOUS CES GENS QUI TÉLÉPHONENT…
TAMOOOOONN ! QU ES-TU ?!
KYAA !
P… ILS POURRAIENT FAIRE ATTENTION, QUAND MÊME !
OUPS…
AH ?!
ET MA COUPE DE CHEVEUX QUI EST EN PAGAILLE…
MON YUKATA COMMENCE À SE DÉFAIRE !
COMMENT ON, FAIT DÉJÀ…
JE NE PEUX ME MONTRER DEVANT TAMON, DANS CET ÉTAT…

ÇA VA... ?
EUH...
BEN...
.FAIS-MOI VOIR TON OBI, TU VEUX BIEN ?

ET VOILÀ !
COMME ÇA, C'EST PARFAIT !
M... MERCI...
JE NE SAIS PAS CE QUE J'AURAIS FAIT SANS TOI.
EH BEN... ☆
ELLE EST DRÔLEMENT SYMPA, CETTE FILLE...
ELLE A L'AIR D'AVOIR UNE SUPER BONNE ÉDUCATION...
IL N'Y A PAS DE QUOI !
J'ESPÈRE QUE TU NE VAS PAS ÊTRE EN RETARD À TON RENDEZ-VOUS...
ET TOI ? TU ES VENUE VOIR LE FEU D'ARTIFICE TOUTE SEULE ?
NON. JE DOIS RETROUVER DES AMIES DE L'ÉCOLE POUR UNE PETITE CROISIÈRE NOCTURNE.
LE SPECTACLE EST ENCORE PLUS JOLI VU D'UN BATEAU.
GLOUPS... UNE CROISIÈRE ?!
ET BEN !
C'EST ÉTRANGE... J'AI L'IMPRESSION DE T'AVOIR DÉJÀ VUE QUELQUE PART...
......
HEIN ?
TU HABITES PRÈS D'ICI ?

NON, NON.
PEUT-ÊTRE QUE NOS LYCÉES NE SONT PAS LOIN.
MOI JE SUIS À TANOKURA, ET TOI ?
AU LYCÉE POUR FILLES SEIKA, TOUT PRÈS D'ICI.
QUOI ?! SEIKA ?!
COMME MIKA !!
QU'EST-CE QU'IL Y A ?
R... RIEN, RIEN...
ÇA ME RAPPELLE DE MAUVAIS SOUVENIRS -
JE N'AI PAS DU TOUT UNE BONNE IMAGE DES ÉLÈVES DE SEIKA.
MAIS CETTE FILLE A L'AIR DIFFÉRENTE.
JE M'APPELLE KAKINOKIZAKA SANA.
ENCHANTÉE
MOI, C'EST AMI ! ENCHANTÉE ♡

BON… BEN NORMALEMENT…
C'EST DANS LE COIN QUE J'AI RENDEZ-VOUS, MAIS…
QU'EST-CE QU'IL Y A COMME MONDE…
……
QU'EST-CE QU'IL Y A ?!
JE NE ME SENS PAS TRÈS BIEN…
AH BON ?! ÇA VA ?!
AMI !

TAMON !

EH ! ÇA VA ?
P… PARDON…
C'EST DE MARCHER DANS TOUTE CETTE FOULE… ÇA M'A EXTÉNUÉE…
T'ES VENUE AVEC UNE COPINE, AMI ?
NON… EN FAIT, ON VIENT DE SE RENCONTRER. ELLE M'A AIDÉE À REMETTRE MON OBI.
BON ! QUAND EST-CE QU'ON PART ?!

ON N'ATTEND PLUS QUE SANA.
MIKA A L'AIR DE MAUVAIS POIL...
ÇA FAIT QUELQUES JOURS QUE ÇA DURE.
ELLE EST CARACTÉRIELLE...
SANA !?
QUOI ?!
NON, NON, RIEN !
PAS LA PEINE DE L'ATTENDRE, CELLE-LÀ !
MIKA ET SANA NE S'ENTENDENT PAS...
AH LA LA...
......
C'EST PIRE QUE ÇA...
JE LA DÉTESTE !

IL NE VAUT MIEUX PAS L'APPROCHER, CELLE-LÀ.
VOUS SAVEZ COMMENT ON LA SURNOMME ?
"LA BRISEUSE DE COUPLES"
SANA !
DERRIÈRE SON SOURIRE ENJÔLEUR, C'EST UNE TUEUSE !

URUKYU.

WOW ! ÇA COMMENCE ! ♡
SUPERBE !
BON !
C'EST OÙ QUE TU AS RENDEZ-VOUS POUR TA CROISIÈRE ?
OH…
C'ÉTAIT PAR ICI, IL ME SEMBLE…

ヒョオオオ
DIS, SANA – QUI DIT CROISIÈRE DIT BATEAU, NON... ?
OUI C'EST LE "PRINCESS FLOWER" ! ♡
MAIS C'EST PAS LÀ, LE PORT ! ON EST EN HAUT D'UNE COLLINE !

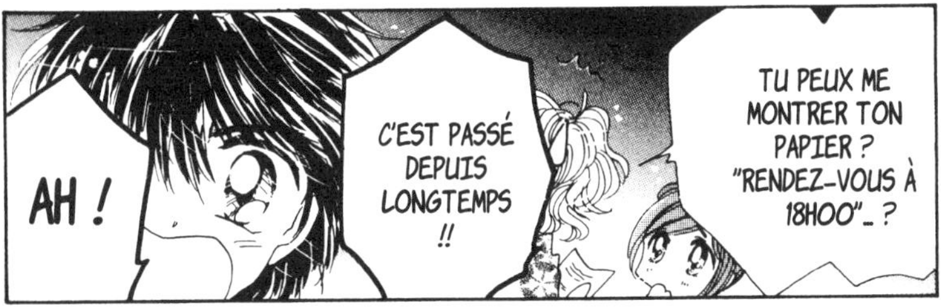
TU PEUX ME MONTRER TON PAPIER ? "RENDEZ-VOUS À 18H00"... ?
C'EST PASSÉ DEPUIS LONGTEMPS !!
AH !

C'EST PAS CELUI-LÀ… ?
LE BATEAU QUE TU DEVAIS PRENDRE ?!
WOW☆
ELLE A L'AIR CARRÉMENT À CÔTÉ DE SES POMPES …
SI ELLE NE LE FAIT PAS EXPRÈS, C'EST INQUIÉTANT …
OUPS… ON DIRAIT QU'ELLES SONT PARTIES SANS MOI…
ON SE DEMANDE POURQUOI !
ZUT ALORS…
QU'EST-CE QUE JE VAIS FAIRE MAINTENANT … ?

OH ! LA BELLE BLEUE !
DOMMAGE QUE TU N'AIES PAS PU PRENDRE TON BATEAU...
MAIS C'EST QUAND MÊME PAS MAL VU D'ICI, NON ?
DIS, AMI... TU ES SÛRE QUE JE NE VOUS DÉRANGE PAS... ?
MAIS NON, MAIS NON ! EN PLUS, C'EST PARCE QUE TU M'AS AIDÉE À REMETTRE MON OBI QUE TU T'ES MISE EN RETARD !
REGARDE !
SANS TOI, JE N'AURAIS PAS OSER ME MONTRER DEVANT TAMON !
ALORS NE T'EN FAIS PAS DU TOUT !
....

JE SUIS CONTENTE QUE TU ME DISES ÇA...
MERCI.
ELLE EST VRAIMENT MIGNONNE... ELLE SEMBLE SI PURE...
ÇA VA MIEUX ? TU NE TE SENS PLUS MAL ?
TU VEUX QU'ON FASSE UNE PETITE PAUSE ?
ÇA VA, MERCI
-
.J'EN REVIENS PAS DU MONDE QU'IL Y A... ÇA VA PAS ÊTRE FACILE DE PASSER...
ぴん
DIS ! DIS ♡ON PREND UNE GLACE HEIN
TU PRÉFÈRES VOIR LE FEU D'ARTIFICE OU MANGER UNE GLACE ?
EH ! LES DEUX !

BON ! JE VAIS LES ACHETER ☆
HÉ, HÉ HÉ
OCCUPE-TOI DE SANA !
ALORS TU AS QUITTÉ MIKA.
ELLE EST TROP MARRANTE -

WOW !
ENCORE UNE BELLE VERTE !
QUOI... ?
HEIN ?
....
ON PEUT SE RAPPROCHER UN PEU ?
NON. NON ! RIEN...
LE RYTHME S'ACCÉLÈRE.

KYAAA !
ATTEN-TION !!

ドォン

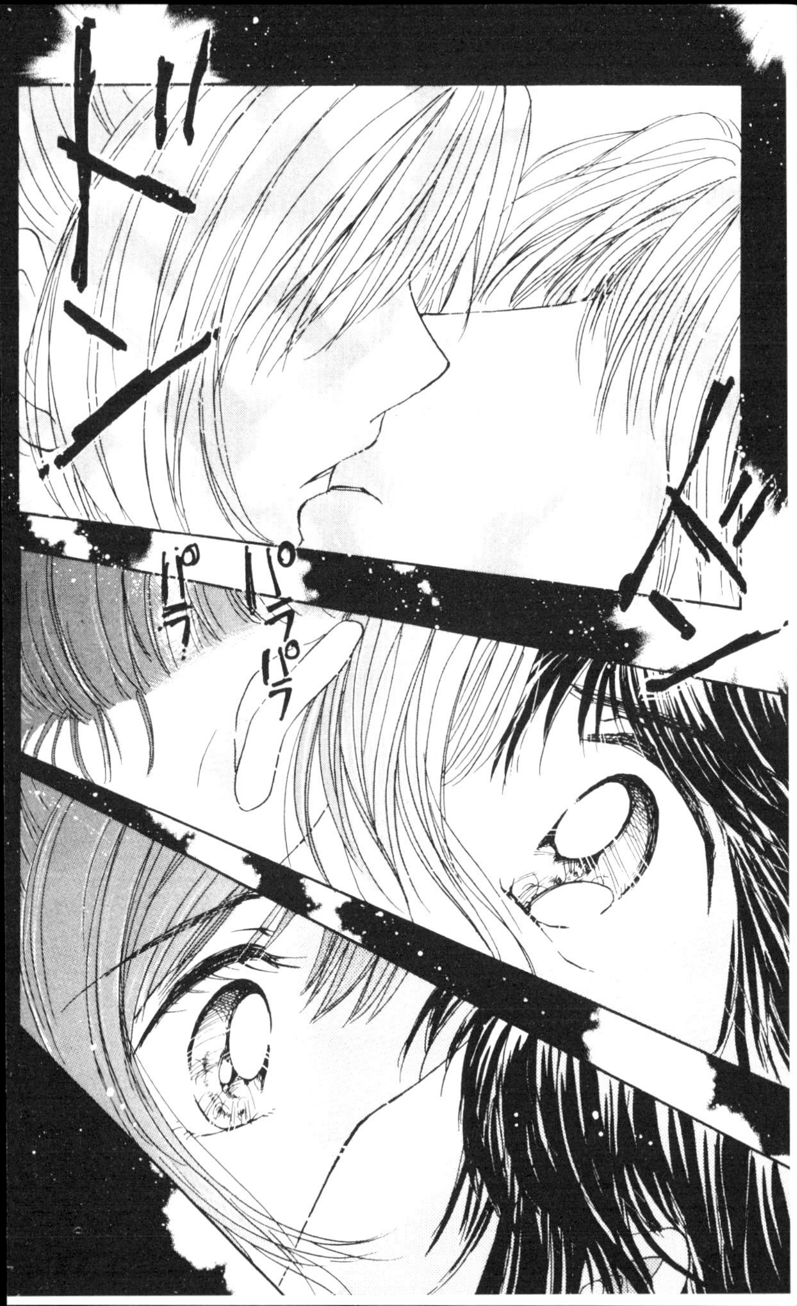
ドン
ズン
パラパラ
パラ…

Ah !
かあぁ
P...
PARDON.
JE SUIS DÉSOLÉE !
EUH...
C... C'EST RIEN...
......
......
JE VAIS VOIR CE QUE FAIT AMI.
RESTE ICI.

BONSOIR LES AMOUREUX !
VOUS ÊTES EN DIRECT SUR TVQ !
TVQ
!?
HEIN ?
EUH...
NOUS INTERVIEWONS LES PERSONNES PRÉSENTES POUR ASSISTER AU FEU D'ARTIFICE !
ALORS ! QUE PENSEZ-VOUS DU SPECTACLE ?!
C'EST LA PREMIÈRE FOIS QUE VOUS VENEZ Y ASSISTER ?
VOTRE RENDEZ-VOUS AMOUREUX SE PASSE BIEN ?
NON, PAS DU TOUT ! NOUS NE...
AH !

OUI ! PARFAIT ! SERREZ-VOUS UN PEU PLUS !
VOILÀ ! COMME ÇA !
QUEL BEAU COUPLE ♡ VOUS FAITES !
OH ! C'EST VRAI QU'ILS SONT MIGNONS TOUS ♡ LES DEUX.
←collagène
TOI AUSSI, IL SERAIT TEMPS QUE TU TROUVES UN COPAIN, NOA.
AH !
COMME VOUS POUVEZ LE VOIR, L'AMBIANCE ROMANTIQUE DE CET ÉVÉNEMENT EST IDÉALE POUR LES COUPLES DE JEUNES AMOUREUX !
MAIS LE BOUQUET FINAL RESTE À VENIR !
TAMON -?
QU'EST-CE QUE ÇA VEUT DIRE ?!

どろ どろ
UN COUPLE
...
DE JEUNES AMOUREUX, HEIN ?
AMI !

LA COPINE DE TAMON ...
C'EST MOI !!
TVQ
good ...

10 SECONDES AVANT LA PUB !
6
5
D'OÙ ELLE SORT CETTE FILLE ? ENCHAÎNEZ, VITE !
AH BON... VRAIMENT -
AH
3
2
1
TVQ

NOUS RENDONS L'ANTENNE ...
TVQ
OUPS

ALLEZ ! REMETS-TOI, AMI !
ずーん
ALLEZ… C'ÉTAIT UN SIMPLE ACCIDENT !
JE ME SUIS TAPÉE LA HONTE DEVANT DES MILLIONS DE TÉLÉSPEC-TATEURS…
JE CROIS QUE JE VAIS MOURIR TELLEMENT J'AI HONTE !
SURTOUT DEVANT TAMON -
EN TOUT CAS, TU NE PEUX PAS RENTRER COMME ÇA.
TON YUKATA EST TOUT TÂCHÉ…
PASSE TE CHANGER CHEZ MOI.

MERCI…
SANA.
J'AI EU TORT DE M'AFFOLER COMME ÇA…
QUELLE IDIOTE !
MAIS NOTRE RELATION EST ENCORE SI RÉCENTE…
JE N'AI PAS PU M'EMPÊCHER DE LE PRENDRE MAL…
LA VOITURE EST ARRIVÉE.
MONTEZ.
ど——ん

BONSOIR, MLLE SANA !
WOW ! C'EST UNE PRIN-CESSE !
JE TE FAIS PRÉPARER UNE ROBE TOUT DE SUITE.
C'est quoi, ce pas de "danse" ?

カコーン
VOICI UN PETIT ENCAS.
MÊME À SEIKA, DOIT PAS Y'EN AVOIR BEAUCOUP, DES AUSSI RICHES QUE TOI...
C'est quoi ce gateau ?
c'est tout mou
MAIS NON, VOYONS...
IL Y A AUSSI D'EXCELLENTS DANGO.
ÇA TE TENTE ?
S... SANA...
JE ME SUIS CHANGÉE, MAIS... ÇA VA COMME ÇA ?
......

TU N'AS PAS QUELQUE CHOSE DE PLUS CASUAL ?
GENRE UN JEANS ET UN T-SHIRT...
C'EST LA PREMIÈRE FOIS QUE JE PORTE UNE ROBE AUSSI CHIC... ☆
WOW ♡
TU ES SUPERBE COMME ÇA !
C'EST UNE DE MES ROBES PRÉFÉRÉES. ELLE TE VA À RAVIR !
DÉSOLÉE. JE NE METS JAMAIS DE T-SHIRTS, NI DE PANTALONS...
......
VIENS BOIRE TON THÉ !
IL Y A AUSSI DES TAS DE GOURMANDISES !
IL Y A DE LA GLACE AU THÉ VERT.
TU AIMES ÇA ?
YOUPI ! J'AIME TOUT ! ♫
JE NE SAIS PAS PAR QUOI COMMENCER... ♡

VIENS, AMI ! ON RENTRE !
QUOÂ ?
IL EST DÉJÀ TARD !
JE PEUX DEMANDER À MON CHAUFFEUR DE VOUS RACCOM-PAGNER…
EH !
CRUNCH
PAS LA PEINE !
BON… À BIENTÔT ALORS…
AMI…
TAMON…

EH !
TU PEUX M'EXPLIQUER UN PEU.
CE QUI TE PREND ?!
DE QUOI ON A L'AIR VIS-À-VIS DE SANA ?!
ALORS QU'ELLE M'A PRÊTÉ CETTE JOLIE ROBE !
EH !
C'EST QUOI TON PROBLÈME ?!
POURQUOI T'ES DE MAUVAIS POIL COMME ÇA ?!
ELLE TE VA PAS DU TOUT, SI TU VEUX MON AVIS !
GRR
JE TE DIS JUSTE DE PAS T'EMBALLER !

JE NE M'EMBALLE PAS !
ET PUIS D'ABORD, AUJOURD'HUI, J'AVAIS...
......
LAISSE TOMBER ! JE RENTRE !
BYE-BYE !
AH...
DIRE QUE JE M'ÉTAIS FAITE BELLE EXPRÈS POUR LUI...
AVEC CE YUKATA...
...
NON MAIS... !
QUEL IDIOT !
IL NE S'EN EST MÊME PAS RENDU COMPTE !

IL NE VOIT PAS TOUS LES EFFORTS QUE JE FAIS...
JE VOULAIS JUSTE DIRE QUE JE LA PRÉFÈRE
OUI ! PARFAIT ! SERREZ-VOUS UN PEU PLUS !
COMME ELLE EST D'HABITUDE...
PFFF...
POUR ÊTRE TOUJOURS BELLE QUAND JE SUIS AVEC LUI !
QUEL BEAU COUPLE VOUS FAITES !
♡

MERCI... JE NE PENSAIS PAS QU'ON POURRAIT RÉCUPÉRER LA K7...
IL A SUFFIT DE TÉLÉPHONER À LA CHAÎNE TVQ.
QUELLE HONTE QUAND MÊME...
LA COPINE DE TAMON...
C'EST MOII !!
TVQ
......
TAMON ET AMI ...
HI HI

ガラ
VOICI AMI, NOTRE GRANDE STAR !
"LA COPINE DE TAMON, C'EST MOIÎÎÎ !!", UNE RÉPLIQUE QUI RESTERA DANS LES ANNALES !
TOUT LE MONDE SE SOUVIENT DE SON APPARITION TÉLÉVISÉE !
ARRÊTE, NOA ! J'EN PEUX PLUS !
DIS-MOI, C'ÉTAIT QUI CETTE FILLE ?
TU VEUX PARLER DE SANA ?
CELLE QUI ÉTAIT AVEC TAMON.
IL A DEUX COPINES OU QUOI ?
ELLE EST SUPER SYMPA, ELLE VA AU LYCÉE SEIKA, MAIS ELLE N'A RIEN À VOIR AVEC LES AUTRES FILLES DE LÀ-BAS !
SEIKA ?!

EH ! REVIENS SUR TERRE !
TOUTES LES FILLES DE LÀ-BAS SONT DES PESTES ! TU ES BIEN PLACÉE POUR LE SAVOIR !
T'AS DÉJÀ OUBLIÉ MIKA ?!
ET TU SAIS QUE TAMON EST UN PLAYBOY !
LE LYCÉE OÙ ELLE EST N'A RIEN À VOIR LÀ-DEDANS...
SANA EST UNE CHOUETTE FILLE. TU PEUX ME CROIRE.
ARRÊTE UN PEU DE T'EXCITER POUR RIEN !
AMI...
ALLONS BON...
UNE ÉLÈVE DE SEIKA. COMME PAR HASARD...
ESPÉRONS QU'IL N'Y AIT PAS D'EMBROUILLE LÀ-DESSOUS...

C'EST MOI !
TIENS ? ON A DE LA VISITE ?
AMI ! VIENS VITE !!
ばたばた
HEIN ?
TVQ
DIRECTEUR DE PRODU
FUJISAKI AKIHIKO
03-53
03-53
03-5
TON APPARITION TÉLÉVISÉE DE L'AUTRE JOUR A ÉTÉ TELLEMENT REMARQUÉE...
QUE MONSIEUR LE PRODUCTEUR EST VENU TE FAIRE UNE OFFRE !
ÇA VOUS DIRAIT DE...
REPASSER À LA TÉLÉ ?

C'EST UNE ÉMISSION À LAQUELLE PARTICIPENT LES TÉLÉSPECTATEURS.
???
ELLE S'APPELLE "COUPLES-COMPET" !
HEIN ?
NOUS SERIONS HEUREUX QUE VOUS PARTICIPIEZ AVEC VOTRE PETIT AMI.
IL Y A UN SOMPTUEUX VOYAGE À HAWAII À REMPORTER POUR LE COUPLE VAINQUEUR !
HAWAII ?!
À SUIVRE DANS LE VOLUME 6

Soleil Productions
247, Avenue de la République
83000 TOULON - FRANCE

Titre original : Urukyu 5

First published in Japan in 2001
by Kodansha Ltd, Tokyo
French translation rights arranged
through Kodansha Ltd.
French translation rights
Vegetal manga shoten-Géronimo

Traduction : Sylvain Chollet
Conception graphique : Studio Kuma
Directeur de collection : Alex Bodecot

Dépôt légal novembre 2003
ISBN 2-84565-594-0
N° d'impression : 24-0480
Distribution Hachette
Imprimerie :
Darantiere-Quetigny-France
Merci à tous les fans
d'Urukyu qui nous lisent
et nous soutiennent depuis
un an... Love fight girls !!!